AF360126

CATALOGUE

d'une belle et intéressante collection de

LETTRES AUTOGRAPHES

PROVENANT DU CABINET DE

M. LE CHEVALIER C.....A

LA VENTE AURA LIEU

Le Lundi 22 Mai 1865

RUE DES BONS-ENFANTS, 28

Salle nº 4

A 7 HEURES DU SOIR

Par le ministère de Mᵉ BAUDRY, commissaire-priseur, rue Neuve-des-Petits-Champs, 50
assisté de M. CHARAVAY.

PARIS

J. CHARAVAY, LIBRAIRE

EXPERT EN LIBRAIRIE ANCIENNE ET EN AUTOGRAPHES

Rue des Grands-Augustins, 26

1865

CATALOGUE

D'AUTOGRAPHES

---

1 — **ACCIAJOLI** (Ange), illustre citoyen de Florence, un des chefs de la conjuration contre les Médicis.
L. a. s. au duc de Milan; Florence, 30 sept. 1455, 1 p. in-4°, cachet. Belle pièce.
Recommandation en faveur de l'évêque de Modène.

2 — **ACCIAJOLI** (Donat), *le Jeune*, célèbre philosophe et mathématicien, gonfalonnier de la République de Florence.
L. a. s. au duc de Milan; 1475, 1/2 p. in-4°, trace de cachet.

3 — **ADELOSI** (le C^{al} François), évêque de Pavie, habile diplomate, qui conduisit les troupes du Pape contre les Vénitiens, et fut tué par le duc d'Urbin, en 1511.
L. s. a Michel-Ange, *le prince de la peinture et de la sculpture*; Ravenne, 3 mai 1510, 3/4 de p. in-fol., cachet. Quelques taches et une piqûre de vers.
Il le prie de lui peindre un baptême de Jésus-Christ par St-Jean Baptiste pour l'oratoire de sa maison de campagne de Managlia.

4 — **ALBRET** (Henri d'), roi de Navarre, grand-père de Henri IV.
L. s., avec la souscript. aut., à M^r Du Ludde; Pau, 30 septembre 1553, 1 p. in-fol. Belle pièce militaire.

5 — **ALEXANDRE III** (Roland BANDINELLI), un des plus grands papes qui aient gouverné l'Église, adversaire de Frédéric Barberousse, qu'il parvint à chasser d'Italie, élu en 1159, m. 1181.
Pièce originale, sur vélin, sig. par le Pape, par le chancelier *Albert de Mora*, (depuis pape sous le nom de GRÉGOIRE VIII), par plusieurs cardinaux, dont *Jean de Sutri*, légat en Allemagne, et *Cynthio Papa*, proche parent du pape Innocent II; Anagni, 13 des calendes d'avril 1179, 1 p. double in-fol. Rarissime.
Bref qui confirme les privilèges accordés par Alexandre II aux moines de l'abbaye de la Très Ste Trinité.

6 — **ALPHONSE Ier**, roi de Naples et d'Aragon, prince vaillant et protecteur des lettres, qui disputa longtemps son royaume à Louis d'Anjou, puis au bon roi René.
L. s. à la duchesse de Milan; Naples, 10 avril 1458, 1/2 p. in-4° oblong, cachet. Belle pièce. *Rare.*
Lettre de créance pour son ambassadeur Bartholomeo de Recanati.

7 — **ALPHONSE II**, roi de Naples, fameux par ses cruautés, et la lâcheté avec laquelle il abandonna ses Etats au roi de France Charles VIII.

> L. a. s. au duc de Milan ; Naples, 26 octobre, 1 p. in-4°, cachet.
> Belle lettre de compliments relative à une maladie qu'il a eue et à laquelle il a échappé grâce à Dieu.

8 — **ANASTASE IV**, pape, célèbre par sa modération et sa charité, élu en 1153, m. 1154.

> Pièce originale, sur vélin, sig. par le pape, par le chancelier *Roland Bandinelli*, (depuis pape lui - même sous le nom d'ALEXANDRE III), par plusieurs cardinaux, entre autres *Gérard Cajetan* et *Jean de Sutri*, légats en Allemagne, et *Hyacinthe des Ursins* (depuis pape sous le nom de CÉLESTIN III) ; donné à Latran, le 10 des calendes de décembre 1153, 1 p. double in-fol. Bien conservée et fort rare.
> Bref qui confirme tous les privilèges accordés par ses prédécesseurs à l'abbaye de Vallombrosa.

9 — **ANGOULÊME** (Charles de VALOIS, duc d'), fils naturel de Charles IX et de Marie Touchet.

> L. a. s. au Mⁱˢ de Brézé ; 6 août, 3 p. in-fol., cachets. Quelques taches. Belle et intéressante lettre.

10 — **ANNE DE BRETAGNE**, reine de France.

> L. s. à son cousin le sʳ de Rohan ; Amboise, 14 avril (1498), 1/2 p. in-4°, trace de cachet. Belle et curieuse pièce.
> Relative à la mort du Roi son époux (Charles VIII, décédé le 7 avril). Elle en a été tellement affligée qu'elle n'a pu lui écrire plus tôt. Elle lui annonce qu'elle va lui envoyer un de ses serviteurs pour lui dire l'intention et bon vouloir qu'elle a que le *povre* peuple soit soulagé, puis elle le prie de donner ordre « en toutes les choses que verrez estre affaire pour le bien de moy et de tout mon pays... »

11 — **ANTOINE DE BOURBON**, roi de Navarre, mari de Jeanne d'Albret, père de Henri IV.

> L. s., avec la souscript. aut., à Don Fernand de Gonzague ; 28 février 1549, 1 p. in-fol.
> Recommandation en faveur d'un écuyer que le roi envoie en Italie « pour recouvrer ung nombre de quelques chevaulx pour la chasse. »

12 — **APPIANI** (André), célèbre peintre italien.

> L. a. s. à l'intendant de la Couronne ; 29 août 1807, 1 p. in-fol.

13 — **ARGENTAL** (le Cᵗᵉ d'), l'ami de Voltaire.

> L. a. s. à Guys ; Paris, 10 juil. 1764, 1 p. in-4°, cachet. Jolie lettre.

14 — **BALSAC** (Marie de), fille de Roffec de Balsac, chambellan de Louis XI, femme de Louis Malet, seigneur de Graville, amiral de France.

> L. a. s. au Mⁱˢ de Mantoue ; 5 sept. (1498), 1 p. pl. in-fol., fragment de cachet.
> Belle lettre de recommandation en faveur d'un gentilhomme. — (V. Graville).

15 — **BEAUHARNAIS** (Alexandre de), général en chef, premier mari de l'impératrice Joséphine.

> L. a. s. à Mʳ Bergevin, notaire ; Paris, 5 mai 1786, 1 p. pl. in-4°, cachet.
> Relative à la vente de ses biens et de ses rentes, et au mariage d'un de ses parents.

16 — **BEAUJEU** (Anne de), fille de Louis XI, régente sous Charles VIII.

> L. s., avec la souscript. aut., au duc de Milan, Montilz-lez-Tours, 28 juillet, 1 p. in-4° oblong.

Lettre de créance pour l'archevêque de Vienne, que le Roi envoie près de Sa Sainteté.

17 — **BEAUJEU** (Pierre II de Bourbon, sire de), connétable de France, gendre de Louis XI, régent de Charles VIII.

L. s., avec la souscript. aut., à son cousin (le duc de Milan?); Montilz-lès-Tours, 27 juillet, 1 p. in-4°.

Il le prie d'ajouter foi à ce que lui dira Mr Ange Caton de Benevento, archevêque de Vienne, que le Roi envoie près du St Père.

18 — **BECCARIA** (César), l'auteur du *Traité des Délits et des Peines*.

Pièce a. s.; 1777, 1/2 p. in-fol.

19 — **BERNADOTTE** (Ch.-Jean), roi de Suède.

L. s. au Directoire de la République Cisalpine; Brannau, frontière d'Autriche et Bavière, 28 germinal an VI, 4 p. in-fol., vignette.

Très-curieuse lettre, écrite comme ambassadeur de la République française à Vienne. Il se plaint que son caractère a été méconnu, que le drapeau tricolore a été arraché de son habitation et traîné sur la place pour y être brûlé, que lui et ses domestiques ont couru risque de la vie assaillis qu'ils étaient par des brigands stipendiés. « J'espère que ces scènes horribles préparées par quelques scélérats revêtus du pouvoir et par les intrigues et l'or des agens étrangers, n'amèneront pas une rupture, et que François II ne refusera pas de donner à la République française la juste satisfaction qu'elle a droit d'attendre... »

20 — **BERNARDIN** de Sienne (Saint), théologien et prédicateur éloquent du XVe siècle, vicaire-général de l'ordre de St François, canonisé par le pape Nicolas V, en 1450.

Opus prædicabile Sancti Bernardini (Sermons de St Bernardin), manuscrit autographe, avec ratures et corrections, 2 gros vol. in-fol., rel. vélin. Précieux manuscrit.

21 — **BONAPARTE**, général en chef de l'armée d'Égypte.

L. s. au gal Vial; Le Caire, 13 fruct. an VI, 3/4 de p. in-fol., vig.

Relative aux mesures à prendre pour que le commerce reprenne son cours en Égypte.

22 — **BONAPARTE** (Joseph), roi de Naples, puis d'Espagne.

L. a. s. au maréchal Masséna; Madrid, 17 mai 1810, 1 p. in-4°.

Il le félicite sur son arrivée au quartier-général de l'armée de Portugal, et lui promet de le seconder pour assurer le succès de son expédition.

23 — **BONAPARTE** (Élisa), sœur de Napoléon, grande duchesse de Toscane.

L. a. s. à son frère Lucien; Trieste, 20 déc. 1816, 3/4 de p in-4°, papier de deuil, au filigrane de Napoléon Ier.

Charmante épître, où elle le félicite sur l'heureux accouchement de sa femme, et lui fait le tableau gracieux de l'heureuse existence qu'elle mène à Trieste avec son mari et ses enfants. « Ma maison me plaît, et je sors si rarement qu'on me croirait hermite... »

24 — **BORROMÉE** (St Charles), l'illustre archevêque de Milan.

1° Mandement, sig *C. Carlᵘ Archiepᵘ*, en latin; Milan, 20 juillet 1526, 3 p. 1/4 in-fol., cachet. Belle et intéressante pièce. — 2° Documents originaux sur la *canonisation* de St Ch. Borromée, 7 pièces, 9 p. in fol., trace de cachet.

Dossier du plus haut intérêt.

25 — **BOURBON** (Charles, cardinal de), proclamé roi par la Ligue, sous le nom de *Charles X*.

L. s., avec la souscript aut., à Mr de Luxembourg; Amboise, 11 janv. 1572, 3/4 de p. in-fol., trace de cachet, avec une copie.

26 — **CALCAGNI** (Tibério), célèbre sculpteur florentin, associé aux travaux de Michel-Ange et son continuateur.

L. a. s. à Léonard Buonarotti ; Rome, 8 août 1563, 1 p. 1/2 in-fol.

27 — **CASTI** (J.-B.), l'un des meilleurs poètes de l'Italie, auteur des *Animaux parlants*.

Dormiente, melodrama giocoso di G.-B. Casti, manuscrit autog., avec ratures et corrections, 31 feuillets in-fol. — Cette pièce a été publiée ; quelques vers cependant sont inédits.

28 — **CATHERINE DE MÉDICIS**, Reine de France.

L. a. s. au duc de Mantoue ; Paris, 17 janvier 1588, 1 p. in-fol.

Lettre de créance pour le maitre d'hôtel Nivolon que le duc de Nevers envoie vers le duc de Mantoue.

29 — **LA MÊME.** 1° Pièce non signée ; (1588), 4 p. 1/2 in-fol. Tachée d'eau.

Document historique fort important. — Minute originale avec ratures et corrections, dont quelques-unes de la main de Neufville, secrétaire de Henri III, de la cession faite par Catherine de Médicis à Ferdinand Ier de Médicis de tous ses droits sur la Toscane, tout en se réservant le duché d'Urbin. et d'un palais à Rome, moyennant 200,000 écus d'or, qu'elle reconnait avoir reçu du duc par les mains d'Horace Rucellay, envoyé du duc. — Détails fort curieux sur les prétentions de la reine et du grand-duc, sur la dot donnée à Catherine, les traités passés à Marseille avec Clément VII. et qu'elle déclare non avenus, etc.

2° Deux pièces, en italien, relatives au même sujet, 13 p. in-fol. Tachées d'eau.

30 — **CAVAIGNAC** (Godefroy), célèbre révolutionnaire.

L. a. s. à une demoiselle, 1 p. 1/4 in 8°.

Charmante réponse à la demande de son autographe.

31 — **CÉLESTIN II** (Guido di CASTELLO), pape, qui réconcilia Louis VII avec l'Église, élu le 25 sept. 1143, m. 1144.

Pièce originale, sur vélin, sig. par le Pape, par le chancelier *Gérard Caccianimici* (depuis pape sous le nom de LUCE II), par plusieurs cardinaux, dont *Gui Moricosi*, cardinal du titre de St Laurent de Damas, et *Octavien de Monticello* (depuis anti-pape sous le nom de VICTOR IV) ; donné à Latran, le 6 des ides de février 1143 (1144), 1 p. double in-fol. *Très-rare*.

Bref qui exonère le monastère de St Hilaire du paiement des décimes, et l'autorise à les employer au profit des pauvres et des pèlerins.

32 — **CHABOT** (Philippe de), seigneur de *Bryon*, amiral de France, l'un des plus illustres guerriers du XVIe siècle, favori de François Ier et rival d'Anne de Montmorency.

L. s., avec la souscript. aut., au duc de Milan ; Dijon, le jour de septembre, 1 p. in-fol., cachet. Légères déchirures n'atteignant pas le texte.

33 — **CHARLES VIII**, Roi de France.

L. s. au duc de Milan ; Paris, 31 juin, 1 p. in-4°, cachet. Très-belle pièce.

Curieuse lettre relative à un différend qui s'est élevé entre ceux de Gênes et les sujets du duc de Savoie, et qu'il voudrait voir vidé en faveur de ce dernier.

34 — **CHARLES IX**, Roi de France.

L. s. au duc de Mantoue ; St-Germain-en-Laye, 24 fév. 1561, 1/2 p. in-fol., cachet. Jolie lettre.

35 — **CHARLES-LE-TÉMÉRAIRE**, duc de Bourgogne.

L. s., en latin, à Galéas Sforce, duc de Milan ; camp devant Neuss, 27 oct. 1474, 1 p. in-fol, trace de cachet.

Il demande la restitution de certains biens qui appartenaient à Ant. et Pierre de Lignana et qui leur ont été enlevés. Détails intéressants.

36 — CHARLES-QUINT, Empereur d'Allemagne.

L. s., en espagnol, aux chancelier et sénateur de Milan ; Asti, 21 juin 1536, 1 p in-fol. oblong, cachet.

37 — CHARLES II, Roi d'Espagne, qui légua ses Etats à Philippe, petit-fils de Louis XIV.

L. s. au Cte de Melgar ; Madrid, 11 fév. 1683, 1/2 p. in-fol., fragment de cachet.

38 — CHARLET (N.-Toussaint), peintre et dessinateur célèbre par ses croquis populaires.

L. a. s. à Mr Mesle, 1 p. pl. in-4°.

Spirituelle épître où il lui demande un billet de dames pour aller voir représenter quelque mélodrame féroce. « Ce faisant, lui dit-il, vous aurez une bonne action de plus à présenter au jugement dernier. »

39 — CHARLOTTE DE SAVOIE, Reine de France, femme de Louis XI.

L. s. au duc de Milan ; Amboise, 8 juillet, 1/2 p. in-fol. oblong, fragment de cachet. *Rare.*

Recommandation en faveur de la dame Théodore Soca de Savonne, qui a rendu plusieurs services au roi et à ses gens de guerre, tant à Gênes qu'à Savonne, et qui s'en retourne dans son pays.

40 — CHAULNES (Ch. *d'Albert-d'Ailly*, duc de), habile diplomate, gouverneur de Guienne et de Bretagne.

L. a. s. au cardinal de Bouillon ; 1er mars 1670, 1 p. pl. in-4°. Belle pièce.

41 — CHAVIGNY (Léon *Le Bouthillier* de), ministre des affaires étrangères sous Louis XIII, membre du Conseil de régence, disgracié par Anne d'Autriche.

L. a. s. à M. d'Hauterive ; Paris, 21 juin 1643, 1 p. in-fol., cachets et soies. Belle pièce.

42 — CHRESTIENNE DE FRANCE, duchesse de Savoie, fille de Henri IV.

L. s., avec la souscript. aut., au duc de Mantoue ; Milefleur, 12 juil. 1620, 1 p. pl. in-4°, cachets.

43 — CIBO (le card. Innocent), neveu de Léon X, archevêque de Turin et de Gênes, ami de Charles-Quint, et de François Ier, qui lui donna les abbayes de St Victor de Marseille et de St Ouen.

L. s. à Michel-Ange Buonarotti ; Carrare, 4 décembre 1531, 1 p. in fol., cachet. Piqûres de vers.

Il le prie de lui donner un dessin pour son tombeau, du prix de 1800 à 2000 ducats.

44 — CLAUDE DE FRANCE, Reine de France, fille de Louis XII et d'Anne de Bretagne, femme de François Ier.

L. s., avec la souscript. aut., à la marquise de Mantoue ; Amboise, 22 octobre (1514), 1/2 p. in-fol. *Rare.*

Sachant l'amitié qui existait entre sa mère, dont Dieu ait l'âme, et la marquise, et désirant continuer ces bonnes relations, elle lui envoie son secrétaire, et la prie de croire tout ce qu'il lui dira.

45 — CLÉMENT VII (Jules de Médicis), pape célèbre.

L. s. à Michel-Ange Buonarroti ; Rome, 19 juillet 1519, 1 p. in-fol., cachet.

Il désire savoir quand sera achevée l'église qu'il est en train de construire.

46 — CLÈVES (Philippe de), seigneur de Ravenstein, cousin de Louis XII, gouverneur de Gênes, sous ce prince, puis ambassadeur de Charles-Quint auprès de François Ier.

L. s. au Cte de Pesenas, maréchal de France, lieutenant-général

du roi en son duché de Milan ; Gênes, 1er février (1506?), 1 p.
pl. in-fol., trace de cachet.

Belle lettre politique et militaire, dans laquelle il le remercie d'avoir
établi des postes pour pouvoir communiquer plus promptement entre
eux. Il le prie aussi de lui écrire toutes les bonnes nouvelles « affin de
donner corraige aux hons amis et serviteurs du Roy, car lon fait icy si
souvent courre de maulvaises nouvelles que les bonnes que jay de
vous servent de beaucop...»

47 — **CLODION** (Michel), habile sculpteur français.

Quitt. sig., sig aussi par *Poussin de la Vallée* ; Paris, 22 mars
1762, 3/4 de p. in-fol.

Reçu de M. Cochin la somme de 150 liv. pour un quartier de leur
pension comme élèves protégés de l'école roy. de peinture et de
sculpture.

48 — **COCHIN** (Ch.-Nicolas), habile dessinateur du cabinet du
roi, secrétaire de l'Acad. de peinture.

Pièce aut. sig.; Paris, 31 juillet 1760, 3/4 de p. in-fol.

Il reconnaît avoir reçu de Mr Massé, peintre du Roi, 54 dessins exé-
cutés par lui d'après les tableaux de Charles Lebrun, qui sont dans la
grande galerie de Versailles. Détails sur ces dessins.

49 — **COMYNES** (Philippe de), ministre-confident de Louis XI
et historien de ce prince, l'un des plus habiles diplomates
de son temps.

L. s. au duc de Milan (Louis le More) ; Venise, 9 mars (1495),
1 p. pl. in-fol., cachet. Taches de rousseur près de la signa-
ture.

Lettre fort importante écrite au duc pour le dissuader d'abandonner
le parti de Charles VIII. — Comines disculpe son maître des reproches
que lui fait le duc, et rappelle en termes nobles et éloquents les rapports d'amitié et les alliances qui ont existé entre les rois Charles VII
et Louis XI et les ducs de Milan « Pour quoy, ajoute-t-il, concluz, Mon-
seigneur, que tous les plaisirs dessus diz ensemble ne sont point à
comparer à ceulx que vous avez faiz au Roy de présent et ay espérance
qu'il ne vouldra point estre moins recongnoissant envers vous que ses
prédécesseurs ont esté devers les dessus dis seigneurs, et si aura plus
affaire de vous pour luy aider à garder le royaume de Napples quant il
en sera party qu'il na eu à le conquérir... » — (Louis-le-More n'en
conclut pas moins le 31 mars avec le pape, les Vénitiens, le roi d'Angleterre, le roi d'Aragon, etc. cette fameuse ligue de Venise qui força
Charles VIII à abandonner ses conquêtes et à se frayer un passage à
Fornoue pour rentrer dans son royaume).

50 — **LE MÊME.** L. s. au duc de Milan ; Venise, 4 février (1495?),
1 p. in-4°, trace de cachet.

Curieuse lettre relative à une somme de 4,000 ducats, dont il est
répondant à aucuns marchands de Milan, et pour laquelle on veut le
poursuivre. Comme les affaires du roi sont encore bien troublées, il
supplie le duc de tenir la main à ce qu'il ne fût pas tôt pressé. — Il
ajoute ensuite ces mots, en post-scriptum : « Sil est vray ce qu'on dit,
le pape montre qu'il est homme de mauvaise foy. »

51 — **CONCILE DE TRENTE** (préliminaires du).

*Diarium sacri œcumenici et generalis concilii Tridentini usq.
ad aperitionem sub Paulo III pont. max. per me Angelum
Massarellum de Sancto Severino agri Piceni, ipsius sacri concilii
secretarium* (Journal du Concile œcuménique et général de
Trente jusqu'à son ouverture sous le souverain pontife Paul III,
par moi Ange Massarelli de San Severino du Picénum, secrétaire
de ce concile), manuscrit original et autographe de Massarelli,
avec ratures et corrections; (1545), 54 p. in-4°.

Manuscrit précieux et fort important pour l'histoire, sans doute
inédit.

52 — **COUSTOU** (Nicolas), célèbre sculpteur, né à Lyon, memb.
de l'Acad. de peinture.

Quitt. sig., sig. aussi par *Duvernay*, peintre, *Fremery, Barrois,*

De Goy, sculpteurs, et *Vilcocq*, architecte ; Rome, 28 sept. 1684, 1/2 p. in-fol.

Reçu 375 livres pour un quartier de leur pension comme pensionnaire du roi à l'Acad. de Rome.

53 — CRAMER, célèbre éditeur et ami de Voltaire.

L. a. s. à Mʳ l'Esprit, libraire, à Paris ; Genève, 27 sept. 1770, 2 p. 1/2 in-4°, cachet.

Propositions pour la vente de 2,000 exemplaires des *Questions sur l'Encyclopédie* (par Voltaire). « L'ouvrage est écrit avec respect pour ce qui est à respecter, avec égard et politesse pour les personnes, avec modération en général, et un soin bien singulier pour un homme de soixante et huit ans...... Les frais de voiture, les dangers de la route, l'introduction vous regarderaient uniquement... » Curieux détails.

54 — DAUBERVAL (Jean BERCHER, dit), célèbre danseur de l'Opéra, né à Montpellier.

L. a. s. au citoyen ... ; Bordeaux, 1 p. pl. in-fol.

Il expose sa malheureuse situation et demande au gouvernement qu'on lui accorde les mêmes secours qu'à ses camarades Vestris père et Noverre, qui ont 200 livres par mois.

55 — DAZINCOURT (*Albouy*, dit), célèbre comédien, créateur du rôle de *Figaro*.

L. a. s. à Cailhava, 1/2 p. in-4°.

Il lui annonce que la Comédie française ne fera pas suivre à sa comédie des *Journalistes* le cours des représentations ordinaires, et qu'elle sera encore jouée deux fois avec une tragédie, et placée sur le répertoire de temps en temps cet hiver.

56 — DES MOLETZ (P.-Nic.), auteur de dissertations estimées sur l'Écriture sainte, ami de Malbranche.

L. a. s. à l'abbé de Conti ; Paris, 18 janv. 1730, 4 p. pl. in-4°.

Lettre curieuse qui contient des détails sur les querelles religieuses du temps. — Vives attaques contre les jésuites. « ... Ces Messieurs trouvent le jansénisme partout... L'hérésie qu'ils ont mise sur le frontispice de leur église est un horrible blasphème. Il est étonnant que ces Pères, qui voudraient se donner pour seuls orthodoxes, ne s'en soient pas aperçus. La mort du cardinal de Noailles a mis tout ce grand diocèse de Paris en combustion... » — Curieux détails sur des livres publiés et saisis. Le plus sot de tous est la *Vie de sœur Marguerite Alacoque*, livre rempli de menus faits, pratiques de dévotion, visions, que l'évêque donne comme choses avérées, inspirées. « Mais ce que les petits maîtres y admirent, ce sont une infinité d'expressions qui leur fournissent les idées les plus obscènes... Le second livre est une histoire allégorique d'Ali-Mahmout, composée par M. Nolon, de Bordeaux. On y trouve le portrait de Mᵐᵉ de Prie (maîtresse du Régent) au naturel... »

57 — DIBDIN (Th. Frognal), le plus savant bibliographe anglais.

L. a. s., en anglais, au Mⁱˢ de Châteaugiron ; 13 fév. 1827, 1 p. pl. in-4°, cachet.

Relative à sa souscription pour l'*Isographie*, et à l'admission de W. Scott comme membre honoraire de la société des Bibliophiles.

58 — DIVERS. 4 lett. aut. sig.

BOTTA (Ch.), historien. L. a. s. ; 1817, 3/4 de p. in-4°. — DENINA (Ch.-J.-M.), historien. L. a. s., en français, 3/4 de p. in-8°. — FRISI (Paul), mathématicien. L. a. s. ; 1783, 1 p. in-4°. — MONTI (Vincent), poète italien. L. a. s. ; Rome, 1794, 3 p. in-fol. Belle lettre.

59 — DORIA (André), le restaurateur de la liberté génoise.

L. s., avec la souscript. aut., à Bentivoglio, général des Etats de Milan ; Gênes, 23 août 1531, 1 p. in-fol., cachet bien conservé. Belle pièce.

Recommandation en faveur de son cousin.

60 — **DU BELLAY** (Guillaume), seigneur de Langey, habile diplomate, l'un des meilleurs capitaines de son temps, auteur de *Mémoires.*

P. s.; Turin, 17 août 1542, 1/2 p. in-4°, cachet. *Rare.*

61 — **DUCA** (Giacomo DE) , célèbre sculpteur sicilien du XVIe siècle.

L. a. s. à Léonard Buonarroti ; Rome, 15 mars 1565, 1 p pl. in-fol.

Il lui annonce que, pour honorer la mémoire de Michel-Ange, il exécute en métal le tabernacle dont ce grand artiste lui a fourni le dessin.

62 — **DULYON** (Gaston), sénéchal de Toulouse et d'Albi, conseiller et chambellan de Louis XI, un des plus fidèles serviteurs de ce prince.

L. s. au duc de Milan ; Châteaudaulphin, 16 octobre, 1 p. pl. in 4° oblong, cachet.

Il le prie de croire tout ce que lui dira messire Regnault, gouverneur d'Ast, chargé de lettres du roi.

63 — **DUVOISIN** (J.-B.). évêque de Nantes, l'un des quatre prélats placés par Napoléon auprès de Pie VII à Fontainebleau.

1° L. a. s.; Brunswick (où il était réfugié), 20 juin 1799, 1 p. pl. in-4°. — 2° Approbation de 2 lig aut. sig. au bas d'un précis historique d'un établissement connu à Nantes sous le nom d'*Incurables*; Nantes, 24 déc. 1805, 2 p. 1/2 in-4°.

64 — **ELIZABETH DE VALOIS,** Reine d'Espagne, fille du roi Henri II et de Catherine de Médicis, 3e femme de Philippe II.

L. s., avec la souscript. aut., au duc de Mantoue ; Moustier-sur-Saulx, 4 o^t. 1559, 1 p. in-fol., cachet. *Belle pièce.*

Réponse aux lettres du duc sur la mort du roi Henri II. C'est bien la plus grande perte qu'elle pouvait faire. Heureusement le roi son frère, « estant héritier du royaume, succédera aussy en toutes les vertus qui estoient en nostre dit feu seigneur et père. Quant à moy je nay aultre consolacion... »

65 — **ELISABETH DE FRANCE,** Reine d'Espagne, fille de Henri II et de Marie de Médicis, femme de Philippe IV.

L. a. s. à *Mamanga* (Mme de Monglat), 1 p. in-fol., cachets et soies.

Jolie lettre dans laquelle elle la remercie du portrait de sa sœur et lui exprime ses regrets de ne pouvoir lui envoyer le sien, « mais, dit-elle, il ni a point de bon pintre en ce pais. »

66 — **EU** (Charles d'ARTOIS, c^{te} d'), qui fut fait prisonnier à la bataille d'Azincourt et resta pendant 23 ans en captivité, gouverneur de Guyenne, puis de Paris, sous Louis XI.

Quitt. sig., sur vélin ; 3 juin 1454, 1 p. in-4° oblong. Montée. *Jolie pièce.*

67 — **EUGÉNE III,** pape, dont tout le pontificat fut une lutte contre Arnaud de Brescia et les Romains qui s'étaient déclarés en République, élu en 1145, m. 1153.

Pièce originale, sur vélin, sig. par le pape, par le chancelier *Gui des comtes de Caprone*, légat en France, par plusieurs cardinaux, entre autres par *Hiacinthe des Ursins* (depuis pape sous nom de CÉLESTIN III), et *Gui Bellagio*, qui accompagna Louis VII dans son voyage en terre sainte ; 10 des Kalendes de février 1146 (1147), 1 p. double in-fol., sceau en plomb. *Pièce précieuse.*

68 — **FAGAN** (Ch.-B.), célèbre poète comique, qui a composé une partie de ses pièces au cabaret.

Pièce de vers autogr., commençant ainsi : *L'autre jour, sur un lit de naissante fougère*, etc., 1 p. 1/4 in-4°.

69 — **FERDINAND Ier**, Roi de Naples, prince fameux par ses cruautés, abhorré de ses sujets, qui proposèrent la couronne à Jean d'Anjou.

L. a. s. à sa fille la duchesse de Milan ; Bare, 10 janvier, 1 p. in-4° oblong, cachet.

70 — **FERDINAND Ier**, Empereur d'Allemagne, frère et successeur de Charles-Quint.

L. s., en latin, au cardinal Caracciolo ; Prague, 22 juin 1549, 1 p. g^d in-fol., cachet.

71 — **FESCH** (le cardinal), oncle de Napoléon Ier.

L. a s., en italien, à Mr Pasqualini ; Albano, 27 août 1822, 1 p. pl. in-4°.

Lettre dans laquelle il parle de sa sœur, mère de Napoléon Ier.

72 — **FILANGIERI** (Gaetan), célèbre publiciste, auteur de la *Science de la législation*.

L. a. s. à Galino ; 6 mars 1781, 3 p. in-4°.

73 — **FOSCOLO** (Ugo), poète et patriote italien, auteur des *Lettres de Jacopo Ortis*.

L. a. s. ; Milan, 21 oct. 1808, 1 p. pl. in-fol. Belle lettre.

74 — **FRANÇOIS Ier**, Roi de France.

L. s., sur vélin, à ses chers alliés et confédérés les duc et seigneurie de Venise ; 8 juillet, 1 p. in-fol. oblong. Très-belle pièce.

Recommandation en faveur du comte de la Sommaille, qui avait une compagnie en Italie depuis la bataille de Pavie, et qui s'en va vers le duc d'Urbin.

75 — **FRÉGOSO** (Pierre Campo), doge de Gênes, qui céda cette ville à Charles VII, en 1458, et qui, voulant l'année suivante reconquérir son autorité, fut massacré par les Français.

L. a. s. au duc de Milan ; 3 juillet, 1 p. in-4°, cachet. Belle pièce.

76 — **GAUTIER** (Théophile), critique et écrivain célèbre.

Pièce aut. sig., avec ratures et corrections, 3 p. 1/4 in-4° oblong.

Préface pour l'album de dessins de Victor Hugo, publié par Mr Chenay. — Pièce fort curieuse, qui contient une appréciation du talent de Hugo comme poète et comme peintre, et donne de curieux renseignements sur sa manière de vivre et de travailler.

77 — **GEORGES Ier**, roi d'Angleterre.

L. s., avec la souscript. et 2 lig. aut., en allemand ; Hamptoncourt, 1717, 1 p. pl. in-fol., cachet.

78 — **GÉRARD DE NERVAL** (Gérard *Labrunie*, dit), littérateur, célèbre par l'originalité de ses écrits et sa fin tragique.

L. a. s. à un de ses amis ; 16 janv. 1831, 1 p. in-8°.

Relative à une petite pièce qu'il devait lire à l'Odéon et qui a été reçue par acclamation, à la seule condition d'y joindre un prologue pour préparer le public aux innovations qui s'y trouvent. « Je vous requiers, si classique que vous soyez, mais comme ami, d'appuyer mon ouvrage. »

79 — **GOUJET** (l'abbé), l'un des plus savants bibliographes du XVIIIe siècle.

L. a. s. à M^r ... ; Paris, 26 av. 1752, 1 p. pl. in-8°.

Relative au portrait d'Antoine Le Comte ou Contius, fameux jurisconsulte. « Est-il vrai que le Sr Rousselet, curé de St-Laurent, soit enfermé dans le séminaire de Blois ? L'arrêt du Parlement contre ces entreprises schismatiques des bullistes réjouit tout Paris, et sans doute aussi toute la France... »

80 — **GRANDVAL** (Ch.-Fr. *Racot* de), célèbre acteur de la Comédie-Française, auteur de farces spirituelles, mais un peu graveleuses.

L. a. s. à Mr ...; 9 janvier, 2 p. pl. in-4°.

Il craint que ses démarches ne soient épiées par le parti formé contre lui, « et, dit-il, si l'on sait que je vais chés vous, on me fera une tracasserie affreuse auprès de Mr le maréchal. Je serai accusé auprès de lui de solliciter votre crédit auprès de Mr de Voltaire, pour avoir ses rôles, et la vivacité dont ce seigneur est doué fera retomber sur moi tout le désagrément de l'aventure... »

81 — **GRAVILLE** (Louis MALET, sire de), gouverneur de Picardie et de Normandie, amiral de France, un des meilleurs capitaines et conseillers des rois Louis XI, Charles VIII et Louis XII.

L. s., avec la souscript. aut., à Ludovic, capitaine et gouverneur de Milan; Paris, 5 avril, 1 p. in-4°, trace de cachet. Belle et rare pièce.

Il lui recommande vivement un neveu de Me Robert Thiboust, président en la cour du Parlement, que son oncle désire établir et qui s'en va voir et apprendre le langage et train du pays de par delà.

82 — **GRAZZINI** (Antoine-Fr.), surnommé *Le Lasca*, poète et auteur dramatique, l'un des meilleurs écrivains de l'Italie au XVIe siècle.

Pièce de vers autogr., sig. en tête; 5 p. 1/4 in-4°.

Superbe pièce en l'honneur de Michel-Ange, qu'il appelle le prince des peintres et des sculpteurs.

83 — **GUISE** (Henri Ier de LORRAINE, duc de), fils du Balafré, l'un des principaux auteurs du massacre de la Saint-Barthélemy, le chef de la Ligue contre Henri III, assassiné à Blois, par l'ordre de ce prince, en 1588.

L. a. s. au cardinal (de Lorraine, son frère?); Paris, 27 avril (1586), 1 p. pl. in-fol. Légère déchirure n'atteignant pas le texte. *Rare*.

Il a appris avec plaisir que le Saint-Père avait donné au cardinal « la charge d'entendre les affaires qui se présentent pour le service de Dieu et de Sa Sainteté. » Quant à lui, il est prêt à employer pour cela tout ce qu'il a au monde, « avec le hasart de ma vie, » dit-il.

84 — **HÉDOUVILLE** (Th.-Jos.), général-en-chef, pacificateur de la Vendée.

L. a. s. au gal Travot; Angers, 17 brumaire an VIII, 3/4 de p. in-4°.

Il lui envoie une proclamation qu'il faut faire connaître par tous les moyens possibles. Il est important d'éclairer les malheureux habitants des campagnes, « parce qu'il n'y aura aucune grâce pour ceux qui seront pris les armes à la main, qui seront alors confondus avec les émigrés et les déserteurs brigands. Vous connaissez autant que personne la guerre de la Vendée et vous contribuerez encore une fois à son extinction... »

85 — **HENRI II**, roi de France.

L. s., avec la souscript. aut., au duc de Mantoue; Paris, 24 janvier, 1 p. pl. in-4°, cachet. Très-belle pièce.

Jolie lettre d'amitié. « Pour ce que je pense, dit-il, que par della ne se recouvre pas ordinairement de bonnes hacquenées, je vous en envoye une dangleterre... »

86 — **HENRI III**, roi de France.

L. a. s. à Villeroy, 1 p. pl. in-fol. Belle lettre.

87 — **HIMBERCOURT** (Guy de BRIMEU, seigneur d'), chambellan de Charles-le-Téméraire, diplomate, envoyé par Marie de Bourgogne avec le chancelier Hugonet auprès des Gantois, qui le mirent à mort, avec celui-ci, en 1477.

L sig. au duc de Milan; Trecht sur-Meuse, 30 juillet 1475, 1 p. in-fol. oblong, trace de cachet. Légère déchirure. *Rare*.

Lettre de créance pour M* Jehan Candida, que le duc de Bourgogne envoie porter de ses nouvelles au duc de Milan.

88 — **HUGO** (Victor), grand poète et grand écrivain.

L. a. s. à M* ...; Hauteville House, 21 janvier 1861, 1 p. pl. in-4°.

Magnifique lettre relative à son dessin de *John Brown*. « John Brown. s'écrie-t-il. est un héros et un martyr. Sa mort a été un crime : son gibet est une croix. Vous vous souvenez que j'avais écrit au bas du dessin : *Pro Christo, sicut Christus.* » Il a prévu que cet assassinat engendrerait la rupture de l'Union américaine. « A l'heure où nous sommes, tout ce qui était dans l'échafaud de John Brown en sort : les fatalités, latentes il y a un an, sont maintenant visibles, et l'on peut dès à présent considérer comme consommées la rupture de l'Union américaine, grand malheur, et l'abolition de l'esclavage, immense progrès !.. »

89 — **LE MÊME.** L. aut., sig. *V. H.*; Londres, 6 oct. (1861), 2 p. in-8°.

Curieuse épitre relative à ses *Misérables*. « Je suis, dit-il, dans l'effrayant coup de feu de la publication des *Misérables*, revoyant le manuscrit et recevant de toutes parts tant de lettres d'éditeurs que je ne sais auquel entendre... »

90 — **LE MÊME.** Dessin à la gouache, sig., représentant un paquebot en mer, avec ces mots au-dessous : *Absence*, format in-24 oblong.

91 — **HUGONET** (le Card. Philibert), évêque de Mâcon, habile diplomate, chargé de diverses négociations par Charles-le-Téméraire.

L. a. s. à Guillaume de Rochefort, conseiller du duc de Bourgogne (depuis chancelier de France); Rome, 27 mars (1476), 1 p. in-4° oblong, trace de cachet. Pièce très bien conservée.

Il l'informe de la mort de l'abbé de Citeaux (Imbert de Laone). décédé la veille à Rome, et fait demander au duc de Bourgogne quel est celui qu'il désire élire à la place de celui-ci. « L'on a yci publié que lez Suissens ont fait grand outrage à Mons* vostre prince en gens et artiglerie. Je vous prie que me vuillez averty de ce qu'en est, ensemble de vos nouvelles... » — (Charles-le-Téméraire avait été battu par les Suisses à Granson le 2 mars.)

92 — **INNOCENT II** (Grégoire), pape, célèbre par ses luttes avec l'anti-pape Anaclet, et qui assembla le concile de Latran, condamna Abailard et excommunia Louis VII, élu en 1130, m. 1143.

Pièce originale, sur vélin, sig. par le pape, et par le chancelier *Aimeri*; 1130, 1 p. double in-fol. Au milieu un trou emportant quelques mots. Pièce précieuse.

Bref qui confirme que les priviléges accordés par ses prédécesseurs à l'abbaye de Vallombreuse.

93 — **INNOCENT XI** (Benoît ODESCALCHI), pape, dont le pontificat fut une longue lutte contre Louis XIV.

L. s., terminée par trois grandes lignes aut., au M** Cusani; Rome, 20 août 1635, 2 p 1/2 in-fol.

94 — **ISABELLE DE PORTUGAL**, reine d'Espagne et impératrice d'Allemagne, femme de Charles-Quint.

L. s. à Gaspard Rotulo; 1531, 3/4 de p. in-fol. Jaunie sur les bords; légère déchirure.

95 — **JACQUES II**, roi d'Angleterre.

L. s., avec la souscript. aut., à M* Fabroni; St-Germain-en-Laye, 10 sept 1696, 3/4 de p. in-fol., cachet. Quelques taches de rousseur. Jolie lettre.

96 — **JEAN,** duc de Calabre et de Lorraine, le vaillant et malheureux fils de René d'Anjou.

L. s. à Sigismond-Pandolphe; 29 octobre 1461, 1/2 p. in-fol. oblong, trace de cachet. Très-belle pièce.

97 — **JOVE** (Paul), illustre écrivain italien, *Plume de fer* et *Plume d'or*, comme il disait lui-même.

L. a. s.; Rome, 16 août 1524, 4 p. in-fol.

Superbe lettre relative à des expériences qu'il a faites, par ordre du Pape, sur des condamnés à mort, avec une huile, qui garantit de la peste et est un contre-poison. Il envoie de cette huile au personnage auquel il écrit.

98 — **JULES II** (Julien de la Rovère), pape énergique, qui agrandit les Etats de l'Eglise.

L. s. au duc de Milan; 13 mars 1498, 3/4 de p. in-fol., cachet.

99 — **LA MARCK** (Aug., c^te de), *prince d'Arenberg*, ami de Mirabeau et son intermédiaire dans ses rapports avec Marie-Antoinette.

L. a. s. (au duc d'Alberg); Bruxelles, 2 fév. 1826, 3 p. 1/2 in-4°

Très-curieuse lettre toute relative aux arrangements à prendre avec M. de M. P. pour la publication d'un ouvrage dont on doit garder le secret. (Il s'agit ici de la fameuse correspondance entre Mirabeau et La Mark, qui a été publiée en 1851 par M. de Bacourt). « Si j'exige à présent l'entier secret de cet ouvrage et de n'en laisser aucune trace quelconque entre les mains de l'auteur, c'est par des considérations qui naissent du genre véridique dans lequel il doit être écrit en parlant des grands personnages vivants... »

100 — **LANOUE** (Odet de), fils aîné de Lanoue Bras-de-Fer, brave guerrier et habile diplomate, dont les poésies ont été publiées en 1594.

L. a. s. à Duplessis-Mornay; Paris, 30 mai 1606, 1 p. pl. in-fol., cachet.

Curieuse lettre relative à la cession de Sedan à Henri IV par le duc de Bouillon. — M. Du Maurier a apporté de Sedan acceptation du tout, mais M. de B. (Bouillon) s'est expliqué de certaines demandes qu'il fait et qu'il tient essentielles, car elles consistent en argent, mais « qu'on a trouvées mauvaises et répugner à la dignité du Roy. » Les difficultés du reste gisent plutôt dans les paroles que dans les choses, et cependant on ne peut trouver un médium qui puisse joindre ces deux parties. « M. de B. n'est point prenable à une forte armée, la nostre n'est point cela.. » — Le duc céda enfin, et Henri IV, satisfait, lui rendit Sedan un mois après.)

101 — **LARIVE** (Jean *Mauduit* de), grand tragédien français.

L. a. s. à son fils ; Montlignon, 19 oct. 1825, 1 p. in-4°.

102 — **LA ROCHEPOSAY** (H.-L. *Chateignier* de), évêque de Poitiers, défenseur de cette ville contre le prince de Condé, ardent persécuteur d'Urbain Grandier.

L. a. s. aux maire et échevins de St-Maxent ; Posay, 21 oct. 1636, 1 p. in-fol., cachets. *Rare.*

Il y a longtemps qu'il destine la chaire de St-Maixent à un Capucin. Il s'occupe de la division de leurs paroisses. « J'espère, dit-il, que cela apportera du repos à vostre ville. »

103 — **LEKAIN** (H.-Louis), tragédien illustre.

L. a. s. à son ami... ; Bagnières de Bigorre, le 3 d'Auguste 1769, 4 p. pl. petit in-4°.

Charmante épître, offrant un spirituel tableau des mœurs des habitants des Pyrénées et des détails curieux sur la diversité de leurs idiomes. Il entretient aussi son ami de Préville, et lui annonce la mort de Poinsinet, l'auteur dramatique, *ce grand petit homme*, qui vient de se noyer à Cordoue. « *De profundis clamavi ad te, Domine,* voilà la plus belle oraison funèbre. »

104 — LE LABOUREUR (Louis), poète, auteur du *Tombeau des personnes illustres.*

Lettre aut. sig. à Mlle de Scudéry ; ce mardy, à Montmorency, 1 p. petit in-4°, cachet.

Remerciement pour l'envoi de la belle *Ode* de M. Genest. « Je ne sais pas où M. de Pelisson a pris ce secrétaire-là, mais je puis vous dire que le Roy n'en a pas un plus habile. Je n'ay point veu de plus beaux vers, et je croy que vous n'en jugez pas moins avantageusement. »

105 — LENGLET DU FRESNOY, savant historien, aussi célèbre par les viscissitudes de sa vie que par ses écrits.

L. a. s. à M. Polluche ; Paris, 1er nov. 1753, 2 p. pl. in-4°, cachet.

Relative à l'impression d'un de ses ouvrages, probablement *l'Histoire de Jeanne d'Arc.* « Ce livre n'est pas moins livre de lecture pour les femmes que pour les amateurs de l'histoire. »

106 — LÉON XI (Alex.-Octavien de MÉDICIS), pape, d'abord légat en France auprès de Henri IV, puis successeur de Clément VIII.

1° L. a. s. au pape ; 9 mars 1596, 1 p. pl. in-fol., cachet.

Relative à un achat de bestiaux qui se trouvent à son abbaye de Galgano et pour la conclusion duquel il demande la protection du Pape.

2° *Istoria o per dir meglio ragguaglio della legatione fatta in nel regno et al re di francia Arrigo quarto per Monsignor ill^{mo} il sig^{or} Alexandro de Medicis, cardinale di Firenze sotto il pontificato di Clemente ottavo l'anno sesto,* manuscrit de 99 feuillets in-fol., dont 65 entièrement autographes du cardinal, et le reste, qui se compose des pièces justificatives, de la main d'un secrétaire. Document fort important et peut-être inédit.

107 — LEONI (Louis-Diomède), célèbre sculpteur italien, surnommé *Il Padovano.*

L. a. s. à Léonard Buonarroti ; Rome, 18 février 1564, 1 p. in-fol., cachet. Tachée d'eau.

Il lui annonce la mort de son oncle Michel-Ange, qui, dit-il, est mort sans faire de testament, mais en bon chrétien, et en présence de Thomaso del Cavalière et Danielo de Volterra. Il l'invite donc à venir au plus tôt et le prévient que tout est préparé pour l'enterrement.

108 — LOUIS XI, roi de France.

L. s., en latin, à F. Sforce, duc de Milan ; Paris, 15 septembre (1461), 1/2 p. in-4°, sceau.

Lettre de créance pour le comte Louis qu'il envoie assurer le duc de son affection.

109 — LOUIS XII, roi de France.

L. s., avec la souscript. aut., comme duc d'Orléans, au duc de Bar ; Asti, 19 octobre (1494), 1 p. in-4°, cachet.

Il le remercie de l'offre qu'il lui a faite d'aller dans le duché de Milan, pour changer d'air, « mais grâces à Dieu ma fièvre ne ma ce deirenier accès pas fort tenu, et disent mes médecins que elle ne me reprendra plus. Parquoy j'espère incontinant que pourray monter à cheval, aller devers le Roy pour luy faire service en cet affaire... »

110 — LOUIS XIV, roi de France.

L. s. à l'Empereur ; Versailles, 15 février 1710, 1 p. pl. in-4°, cachets et soie.

Il lui fait part de la naissance d'un fils de la duchesse de Bourgogne (Louis XV).

111 — LOUIS XVII, roi de France.

Bon de mille livres (vert) de l'année catholique et royale de Bretagne, à l'effigie de Louis XVII, roi de France et de Navarre. Les signatures ont été grattées. *Rare.*

112 — LOUISE DE SAVOIE, régente de France, mère de François Ier.

L. s. à M. Du Ludde ; La Guiche, 16 août, 1 p. in-fol.
Relative aux religieux de l'abbaye de St-Prins, auxquels elle vient d'é-
crire de ne point procéder à l'élection de leur abbé avant d'avoir en-
tendu l'intention du Roi. Elle prie Du Ludde de veiller à ce que les dits
religieux ne contreviennent pas à ses ordres.

113 — **MALATESTA** (Sigismond-Pandolphe Ier), seigneur de
Rimini, poète et philosophe, guerrier fameux du xve siècle,
vainqueur des Turcs à Sparte, où il commandait les Vénitiens, excommunié par Pie II, comme incrédule.
L. a. s. au duc de Milan ; 20 oct. 1448, 1 p. pl. in-4°, cachet-
camée. Racommodage. *Très-rare.*

114 — **MANDAT** (le Mis de), général de la garde nationale pari-
sienne, massacré le 10 août 1792, sur les marches de l'Hôtel-
de Ville.
Billet aut. sig. à M. Le Nain ; 27 av. 1788, 1 p. in-8° oblong.

115 — **MANZONI** (Alex.), poète et romancier, auteur des *Promessi
Sposi.*
L. a. s. à Henri Manzoni ; Milan, 1859, 1 p. in-4°, enveloppe et
cachet.

116 — **MARCEAU** (F.-Séverin), l'un des plus illustres généraux
de la République.
L. autog. au Gal Kléber ; quartier g^{al} de Simeren, 17 brumaire
an IV, 1 p. 3/4 in-fol., tête impr. et vig.
Superbe lettre militaire. — « Dans deux jours au plus tard je tente les
hasards d'une bataille, tant pour chasser ces Messieurs de la rive gau-
che de la Nasse, que pour avoir des notions certaines sur leurs forces
et leurs desseins, et ébranler leur moralité si dame fortune me sou-
rit... » — (Cette lettre est certifiée par le Mis de Châteaugiron, ancien
aide de camp du général).

117 — **MARÉCHAL** (Sylvain), auteur du *Dictionnaire des
Athées.*
L a. s. (à Lablé), 2 p. pl. in-4°.

118 — **MARGUERITE DE FRANCE**, duchesse de Savoie, fille
de François Ier.
L. s., avec la souscript. aut., au duc de Mantoue ; Blois, 13
novembre 1559, 1 p. in-fol , cachet.
Réponse à la lettre de condoléances du duc sur la mort du Roi
Henri II.

119 — **MARGUERITE D'AUTRICHE**, fille naturelle de Charles-
Quint, duchesse de Parme, gouvernante des Pays-Bas.
L. s. au Mis Del Vast, gouverneur de Milan ; Rome, 28 janvier
1542, 1/2 p. in-fol., cachet. Jolie lettre.

120 — **MARIE**, reine de Hongrie, sœur de Charles-Quint, gouvernante des Pays Bas, princesse remarquable à laquelle Erasme
a dédié un de ses ouvrages.
L. s., en latin, au duc de Milan ; Bruxelles, 23 nov. 1531, 1/2
p. g^d in-fol.
Belle et intéressante lettre, dans laquelle elle recommande au duc
un italien, qui a bien servi l'empereur son frère (Charles-Quint), et veut
aller finir ses jours dans sa ville natale, Milan.

121 — **MARIE**, impératrice d'Autriche, femme de Maximilien II.
L. a. s. à la princesse de Florence ; Vienne, 1 p. in-fol., cachet.

122 — **MATHIAS CORVIN**, roi de Hongrie, prince illustre, à la
fois comme guerrier, comme législateur et ami des arts.
L. s., sur vélin, au duc de Milan ; Bude, 23 nov. 1489, in-fol.,
trace de cachet. Belle pièce. *Rare.*

123 — **MATHILDE**, comtesse de Toscane, dite *la Grande*, amie
et protectrice de Grégoire VII, et qui légua ses Etats au pape
Pascal II.

Pièce originale signée, sur vélin ; Florence, 1100, 1 p. in-fol.
format d'agenda. Une dizaine de mots effacés. *Pièce fort rare, la
seconde seulement qui passe en vente.*
Priviléges en faveur du monastère de Vallombrosa.

124 — **MAXIMILIEN Ier**, empereur d'Allemagne.

L. s., en latin, à J.-Marie Sforce, duc de Milan ; 13 mars 1491,
1/2 p. in-fol. oblong, cachet.

125 — **MÉDICIS** (Côme Ier de), chef de la République de Florence,
qui usurpa la puissance souveraine en plaçant sur sa tête
la couronne ducale.

P. sig. ; Florence, 21 juil. 1554, 2 p. in-fol., cachet. Taches
d'humidité.
Instructions à Bernard Jacobi, qu'il envoie commander à Philattera.
Il lui recommande de faire renouveler le serment de fidélité, parce que
le marquis de Philettera s'est joint à Pierre Strozzi. Il veut que les rentes
soient cependant payées exactement à la femme du dit marquis, « car
sa famille, dit-il, ne doit pas souffrir de ses folies. »

126 — **MÉLAS** (Michel de), général autrichien, l'adversaire de
Bonaparte à la bataille de Marengo.

L. s. ; Alexandrie, 1799, 1 p. in-fol. *Rare.*

127 — **MERCOEUR** (Elisa), poète, surnommée *la Muse nantaise*
et la *Sapho de la Loire.*

Le songe ou les Thermopyles, pièce de vers aut. sig , 6 p. 1/2
in-4°. Quelques taches d'encre.

128 — **MERCY-ARGENTEAU** (le comte de), ambassadeur d'Autriche en France, le mentor politique de Marie-Antoinette.

L. a. s. à Mme de Nettine ; Fontainebleau, 24 oct. 1778, 3 p. in-4°.
Belle pièce.

129 — **MICHEL-ANGE BUONARROTI**, le grand artiste du XVIe
siècle.

Pièce autographe ; mai 1518, 3 p. 1/4 in-fol. Superbe pièce.
Comptes des sommes données à ses ouvriers ou d'achats faits pour
ses constructions.

130 — **LE MÊME.** Pièce autogr., 3/4 de p. in-fol. Belle pièce.

131 — **LE MÊME.** 1° Pièce aut. de 2 grandes lignes et demie ; 14
sept 1525, 1/4 de p. in-fol. Belle pièce.
2° Lettres adressées a Michel-Ange.
Pierre de Pistoie. L. a. s., 1 p. in-fol., au dos de laquelle sept
grandes lignes autogr. de *Michel-Ange.* — *Canossa* (Alex. de).
L. a s. ; 1520, 3/4 de p. in-fol , cachet. — *Aquileia* (le cardinal d'). L. a. s. ; 1523, 3/4 de p. in-fol. — *Clément VII,* pape.
Lettre, écrite et signée par un secrétaire ; 1518, 1/2 p. in-fol.,
trace de cachet. — *Salviati* (Alamanno). L. a. s. ; 1518, 1/2 p.
in-8° oblong. — *Buonarroti* (Louis), père de Michel-Ange. Trois
l. a. s. à son fils ; 2 p. 1/2 in-fol. trace de cachet. — *Buonarroti*
(Matteo), frère de Michel-Ange. L. a. s. ; 1520, 1 p. in-fol., trace
de cachet. — *Meleghino* (Jacopo). L. a. s., 1 p. in-4°. oblong.
Il invite Michel-Ange à se rendre auprès du pape qui désire lui
parler pour des peintures. — *Aginnense* (le cal d'). L. a. s.; 1518,
1 p. 1/2 in-4° oblong, trace de cachet. Prière de montrer à la
duchesse d'Urbin tous les ouvrages qu'il a faits pour le tombeau
de Jules II. — *Mini* (Antonio). Deux l. a. s. ; 1531, 2 p. in-fol. —
On a joint deux manuscrits originaux renfermant l'un des leçons
de Mario Guiducci sur les poésies de Michel-Ange, et l'autre des
vers de Fr. Bocchii en l'honneur de ce grand homme ; en tout
77 p. in-fol.

Dossier fort important. — Toutes les lettres indiquées ci-dessus, sont en bon état, et relatives à des commandes de tableaux.

132 — MONTMORENCY (Anne de), connétable de France, un des plus grands capitaines du XVIe siècle.

L. s., avec la souscript. aut., au duc de Milan ; Chantilly, 26 novembre, 1 p. in-fol.

133 — MONGE (Gaspard), illustre géomètre.

Appostille de 7 petites lignes aut. sig. au bas d'une lettre du citoyen Gillet aux membres du Directoire exécutif, 1 p. in-fol. — Au bas se trouvent aussi des appostilles de *Lanthenas*, *Ferry* et *Barbeau Du Barran*.

134 — MONTUCLA (J.-Et.), astronome et mathématicien, le savant auteur de l'*Histoire des mathématiques*.

L. a. s. au citoyen ...; Versailles, 30 pluv. an VII, 2 p. 1/4 in-4°.

Réponse à plusieurs questions qui lui avait été proposées sur l'histoire des mathématiques.

135 — MONVEL (Boutet), célèbre tragédien et auteur dramatique, père de Mlle Mars.

L. a. s. à Pougens ; Paris, 2 mess. an IX, 1 p. 1/2 in-8°.

Relative à une notice sur Lekain qui lui a été demandée, et que l'état de sa santé ne lui permet pas de faire. Son camarade Molé peut le suppléer. « Louer Lekain, dont j'adorais le talent, et dont j'estimais la personne, est un devoir que je serais trop jaloux de remplir pour en laisser le soin même à mon plus cher ami. »

136 — MOREAU (Jean-Victor), illustre général en chef des armées républicaines, né à Morlaix.

L. a. s. au Gal Lecourbe ; 8 ventôse (1800 ?), 2 p. 1/2 in-4°, tête impr. et vig.

Curieuse lettre sur le général Gudin, qui désire de l'avancement. Mais est-ce bien le moment d'en demander ? « Je connais Bonaparte et autant il sera jaloux de donner un avancement appuïé par quelque grand service rendu, autant il répugnera à le donner avant une entrée en campagne... » Moreau espère que le mois de solde qu'on va payer à l'armée, fera cesser les mouvements insurrectionnels. — Détails militaires.

137 — MURATORI (L.-Ant.), antiquaire et historien célèbre.

L. a. s. à Walchio ; 1749, 1 p. pl. in-4°.

138 — NATOIRE (Ch.-Jos.), peintre célèbre, directeur de l'Acad. de France à Rome,

L. a. s. à Mr Ant. Duchesne ; Rome, 5 juin 1752, 4 p. pl. in-4°.

Relative à la mort d'un artiste dont on lui propose la place. « Je m'imagine entendre tous les discours de Boucher et ceux de Vanloo : les voilà tous deux dans une belle expectative... »

139 — ORANGE (Guillaume Ier de NASSAU, prince d'), surnommé *le Taciturne*, statoudher et libérateur des Pays-Bas, assassiné en 1584.

L. s., en français, avec la souscript. aut., à Catherine de Médicis ; Anvers, 23 avril 1578, 1 p. in-fol., cachet. Superbe pièce. *Rare*.

Lettre importante, dans laquelle il lui demande de traiter en sa bonne grâce, les pays de par deça, la priant de « croire que les advancements que pourroyent avoir les espagnolz en ce païs, ne sr. ont jamais advantageux pour la couronne de France ; au contraire qu'il n'y a rien qui tant face tenir la chrestienté universelle en bonne paix que si l'ambition effrénée des espagnols est retenue... » Les secours qu'a accordés la France n'ont du reste servi de rien, c'est pourquoi il le supplie de leur être favorable, « d'autant, dit-il, que je sçay que Vostre Majesté peult en cest affaire plus que tous princes et potentatz de la chrestienté... »

140 — ORIANI (Barnabé), célèbre astronome italien.
L. a. s. à Pancaldi ; Milan, an IX. 2 p. in-fol., vignette.
Il lui annonce qu'il vient d'examiner par ordre du gouvernement,
les manuscrits de Mascheroni, poète et géomètre, et il lui en fait la des-
cription dans sa lettre.

141 — ORLÉANS (Gaston, duc d'), frère de Louis XIII.
L. a. s. à son cousin ... ; Blois, 3 août 1641, 1 p. in-4°.
« La prise d'Aire vous coûte une personne trop chère pour me ré-
jouir maintenant avec vous de cet heureux évènement. Aussi est-ce
en attendant que j'aille moy-même rendre ce debvoir au roy Monsei-
gneur, que je vous envoye le sieur de Boigefroy pour me condouloir
avec vous d'une perte si sensible... »

142 — ORLÉANS (Charlotte-Aglaé d'), duchesse de Modène, fille
du Régent, dite *Mademoiselle de Valois*.
L. aut. à Mʳ ...; Gênes, 22 janv. 1743, 4 p. pl. in-4°. Belle lettre
politique.

143 — OUDIN (François), jésuite, poète latin et érudit célèbre,
né en Champagne.
L. a. s. au P. Nicéron ; Dijon, 19 août 1737, 1 p. pet in-4°.
Relative au 37ᵉ volume des *Mémoires* de Nicéron, pour lequel il a
fait un errata. « J'ai fait assurer M. l'abbé Goujet que je me ferais un
plaisir de changer tout ce que j'aurais écrit mal à propos. Je ne suis
nullement opiniâtre... »

144 — PAJOU (Augustin), habile sculpteur, de l'Acad. de pein-
ture.
L. a. s. à M. le Cᵗᵉ de ... ; Paris, 14 oct. 1778, 1 p. 3/4 in-4°.
Conseils sur les procédés à employer pour le moulage de *l'amour* de
Bouchardon, et demande de marbre pour exécuter la statue de Bossuet,
dont il vient de finir le modèle en grand.

145 — PASCAL II, pape, célèbre par sa résistance à l'empereur
Henri IV dans la querelle des Investitures, et auquel la
comtesse Mathilde légua tous ses biens, successeur d'Urbain II, élu en 1099, m. 1118.
Pièce originale, sur vélin, sig. par le pape, et par le chancelier *Jean ;* donné à Latran, le 5 des ides de février 1095 (1096),
1 p. double in-fol. *Pièce d'une extrême rareté.*
Bref qui concède à l'abbaye de Vallombrosa le pouvoir de faire con-
sacrer les églises, les autels, et l'huile sainte, et ordonner par
quelque évêque catholique que ce soit.

146 — PELTIER (Jean-Gabriel), pamphlétaire royaliste, un des
rédacteurs des *Actes des Apôtres*.
L. a. s. au baron Leprince, 2 p. in-8°.
Relative à une cérémonie funèbre qui doit avoir lieu le lendemain.
« Votre bon suisse a été pour nous une nouvelle Ariane pour nous
guider dans le labyrinthe des Tuileries souterraines... »

147 — PÉRUGIN (Pietro Vanucci, dit Le), l'un des plus grands
peintres de l'Italie, le maître de Raphaël.
L. a. s. à la marquise de Mantoue; (Florence, 16 août 1504),
3/4 de p. in-fol., trace de cachet. *Pièce rarissime, la première
qui passe dans le commerce.*
Chargé par elle d'exécuter un ouvrage, il lui promet de le lui livrer
dans un bref délai.

148 — PÉTRARQUE (François), l'un des plus grands poètes de
l'Italie.
Canzoniere di Fr. Petrarca, manuscrit, sur papier, du milieu
du XVᵉ siècle, 188 pages in-4°, incomplet de 9 feuillets au com-
mencement, et de quelques-uns à la fin, rel. en bois, fatiguée.
Ce manuscrit précieux a été fortement mouillé, mais néanmoins peut
parfaitement se lire. — C'est peut-être celui qui a servi à la première
édition, publiée à Venise, en 1470.

149 — **PHILIPPEAUX** (Pierre), conventionnel célèbre, ami de Camille Desmoulins et de Danton, décapité avec eux.
L. a. s. au cit. De Normandie, 1 p. in-4°, cachet. Belle pièce.

150 — **PIE V** (saint), pape fameux par sa sévérité contre les protestants, canonisé par Clément XI.
L. a. s. à J.-B. Brugnatello; Rome, 8 juin 1555, 1 p. in-fol., fortement tachée d'eau. *Rare.*

151 — **PUCCI** (le cardinal Antoine), évêque de Pistoie, nonce en France, un des prélats qui furent donnés en ôtage après la prise de Rome par le connétable de Bourbon.
L. a. s. à Michel-Ange Buonarotti (le grand artiste), à Florence; 28 août 1533, 1 p. in-fol., cachet.
Il le prie de passer à Igno pour faire le dessin d'un pont en pierre et d'une église qu'il désire faire construire.

152 — **RACINE** (Louis), auteur du poème de *la Religion*, fils du grand Racine.
L. a. s. à M^r de La Fontaine (petit-fils du fabuliste), secrétaire de l'ambassade de France, à la Haye ; Paris, 20 mars 1753, 3 p. pl. in-4°, cachet armorié. Très-belle pièce.
Il le prie de lui envoyer tous les ouvrages intéressants qui paraissent en Hollande. « On en vient d'imprimer un à la Haye intitulé *l'Esprit des Nations* (de Voltaire). Je ne serais pas fâché de l'avoir. C'est un amas très-mal digéré de bonnes recherches... J'ai lu à des amis la requête de Voltaire. Il me peine à croire qu'il ait agi si généreusement qu'il le dit avec les libraires, et tous auraient été curieux de la brochure imprimée contre lui. Du reste, cette requête n'est point sortie de mes mains... » — A cette lettre est jointe une copie, du temps, de la curieuse requête de Voltaire dont parle Racine.

153 — **RAUCOURT** (Melle), la grande tragédienne.
L. a. s. à Lafon; La Chapelle St Memein, 25 thermidor, 3/4 de p. in-8°.
Relative à une représentation pour laquelle elle doit revenir à Paris. « Est-ce vous qui jouez mon Achille ? Si je suis trompée dans mon vœu à cet égard, tachez toujours de venir au spectacle. »

154 — **RÉNÉ D'ANJOU**, Roi de Naples, dit *le bon roi Réné*.
L. s. à son premier échanson le s^r d'Entranèves ; Apt, 28 septembre, 1 p. in-4° oblong, cachet.
Curieuse lettre relative à un outrage qui lui a été fait par le s^r d'Archambault et ses complices. Il s'en remet au duc de Milan pour juger le coupable, et le punir.

155 — **RICHELIEU** (Suzanne *de Laporte* de), mère du cardinal de Richelieu.
L. a. s. à Mme de Richelieu, sa belle-fille, 1 p. in-4°, cachets et soies.
Elle la console de la perte d'un procès et se réjouit de l'espérance de la voir revenir bientôt. « Je n'auray plus regret de mourir après avoir jouy de ce bonheur: il sera parfaict si vous me venes voir en estat de me randre grand'mère de nouveau par votre moien. »

156 — **ROCHECHOUART** (François de), sénéchal de Toulouse, diplomate habile, gouverneur de Gênes, sous Louis XII, puis de La Rochelle et du pays d'Aunis, sous François Ier.
L. s., avec la souscript. aut., aux gens tenans le Sénat pour le Roi à Milan; Gênes, 26 novembre, 1 p. in-4°, trace de cachet.
Comme le grand-maître de Rhodes l'a nommé son procureur en deça des monts, et que cette œuvre est méritoire, « car ordinairement ilz ont les armes en main contre les infidelles nuyt et jour, » il les prie de tenir pour recommandés ceux qui sont de la dite religion de Rhodes et de garder leurs priviléges et libertés.

157 — **SADOLET** (Jacques), écrivain distingué, secrétaire de Léon X, évêque de Carpentras, ambassadeur auprès de François Ier.

Pièce, sur vélin, écrite au nom de Clément VII, au duc de Milan, et sig. *Sadoletus*; Rome, 14 juin 1526, 1 p. in-fol. oblong.
Il le prie de délivrer de prison l'évêque d'Alexandrie Pallavicino Visconti.

158 — **SALVIATI** (Le Card. Jean), neveu de Léon X, habile diplomate, ambassadeur auprès de Charles-Quint, et qui fit signer entre Clément VII, François Ier et Henri VIII le traité de la *Sainte ligue*.
L. s., avec 3 lig. aut., à Michel-Ange Buonarroti, sculpteur; Rome, 1er juillet 1531, 1 p. in-fol., trace de cachet.
Il prie Michel-Ange de lui faire un tableau.

159 — **SCARPA** (Ant.), illustre anatomiste.
L. a. s.; Pavie, 18 décembre, 1 p. pl. in-4°. Belle pièce.

160 — **SFORCE** (Hipp.-Marie), Reine de Naples, femme d'Alphonse II d'Aragon, princesse célèbre par son savoir, pour qui Lascaris, son maître, écrivit la grammaire grecque.
L. a. s. à son frère; Capuana, 19 mai 1407, 1 p. in-4°, trace de cachet.

161 — **VASARI** (Georges), célèbre peintre italien de l'école de Michel-Ange et de Raphaël, auteur de la *Vie des peintres*.
L. a. s. à Léonard Buonarotti; Florence, 18 mars 1563, 2 p. in-fol., cachet.
Superbe lettre. Il lui annonce qu'il a obtenu de faire célébrer, après Pâques, les obsèques solennelles de Michel-Ange et l'assure des meilleures dispositions du duc pour honorer ce grand homme. Détails intéressants.

162 — **LE MÊME.** L. s. à Léonard Buonarotti; Florence, 30 nov. 1566, 1 p. in-fol. Taches de rousseur.
Belle lettre relative à son *Histoire des peintres*.

163 — **VISCONTI** (Ennius-Quirinus), grand antiquaire italien.
L. a. s. au sénateur Perruti; an VI, 1 p. pl. in-4°, cachet.

164 — **VOLTA** (Alex.), physicien illustre.
Pièce de 5 lignes a. s.; Pavie, 1800, 1/4 de p. in-4°.

165 — **YOLANDE DE FRANCE,** duchesse de Savoie, sœur de Louis XI.
L. s. au duc de Milan; Verceil, 23 août, 1/2 p. in-fol. oblong, cachet. Tachée d'eau.

AVIS

Il y aura exposition de 2 à 4 heures.

Huit jours sont accordés pour la vérification des pièces; passé ce délai, aucune réclamation ne sera admise.

Il sera perçu 5 pour 100 en sus du prix d'adjudication.

M. CHARAVAY, chargé de la vente, remplira les commissions qu'on voudra bien lui confier.